LA RUELLE MAL ASSORTIE

OU

DIALOGUE D'AMOUR ENTRE MARGUERITE DE VALOIS ET SA BÊTE DE SOMME

MARGUERITE DE VALOIS

LA RUELLE MAL ASSORTIE

OU

DIALOGUE D'AMOUR ENTRE MARGUERITE DE VALOIS ET SA BÊTE DE SOMME

MARGUERITE DE VALOIS
(LA REINE MARGOT)

Préfaces de Jean-H de Mariéjol et de Ludovic Lalanne

© août 2022 – Christophe VOLIOTIS
Édition : BoD – Books on Demand,
info@bod.fr
Impression : BoD – Books on
Demand, In de Tarpen 42,
Norderstedt (Allemagne)
Impression à la demande

Illustration : François Clouet – Marguerite (vers 1560)

ISBN : 978-2-3224-6830-0
Dépôt légal : décembre 2022

Également disponibles :

Nasr Eddin Hodja/Djeha :
Les Très-mirifiques et Très-édifiantes Aventures du Hodja (Tome 1)
Nasr Eddin Hodja rencontre Diogène (Tome 2)
Nasr Eddin sur la Mare Nostrum (Tome 3 disponible chez l'auteur uniquement)
Le Sottisier de Nasr Eddin (Tome 4) disponible également chez l'auteur en format A4 - grands caractères)
Nasr Eddin en Anglophonie (Tome 5)
Avant Nasr Eddin – le Philogelos (Tome 6)
Les Plaisanteries – Decourdemanche (Tome 7)
Candeur, malice et sagesse (Tome 8)
Les nouvelles Fourberies de Djeha (Tome 9)

Humour :
Le Pogge – Facéties – les Bains de Bade – Un vieillard doit-il se marier
Contes et Facéties d'Arlotto
Fabliaux Rigolos (anonymes du XII° et XIII° s. en français moderne)
Nouvelles Récréations et Joyeux Devis – Bonaventure des Périers
La Folle Enchère – Mme Ulrich/Dancourt
Les Contes aux Heures Perdues du sieur d'Ouville
La Nouvelle Fabrique – Philippe d'Alcrippe
Le Chasse-Ennui – Louis Garon
Anecdotes de la Vie Littéraire – Louis LOIRE
Les Fabuleux succès de la politique Sociale d'E.Macron – Chris Noël (Amazon)
Almanacadabrantesque - Chris Noël
Des milliers de plaisanteries - Chris Noël

Fabliaux - Nouvelles :
Fabliaux Coquins (anonymes du XII° et XIII° s. en français moderne)
Lais & Fables de Marie, dite de France (en français moderne)
Les Nouvelles de Bandello (1 à 21)
L'Oiseau Griffon - M.Bandello et F.Molza
Le Point Rouge – Christophe Voliotis

Philosophie :
Les Mémorables – Xénophon
La Cyropédie ou Education de Cyrus – Xénophon (à paraître)
Fontenelle – La République des Philosophes
Diogène le Chien – Paul Hervieu
L'Esprit de Talleyrand – Louis THOMAS

Romans/Divers :
L'École des Filles (chez TheBookEdition)
Sue Ann (chez TheBookEdition)
Rien n'est jamais acquis à l'homme

Nota : en l'absence de précision contraire, les ouvrages sont disponibles chez BOD édition.

Au format e-book exclusivement :

Nathalie et Jean-Jacques – recueil de nouvelles
Jacques Merdeuil – nouvelle - version française (chez Smashwords/Google)
Le Point Rouge –nouvelle - version française (chez Smashwords/Google)

Les Fabulistes :
Les Ysopets – 1 – Avianus
Les Ysopets – 2 – Phèdre – *version complète latin-français*
Les Ysopets – 2 – Phèdre – version Découverte en français
Les Ysopets – 3 – Babrios – version Découverte en français
Les Ysopets – 4 – Esope – version Découverte en français
Les Ysopets – 5 – Aphtonios – version en français

Les Fabulistes Classiques – 1 – Bensérade
Les Fabulistes Classiques – 2 – Abstémius - Hecatomythia I et II
Les Fabulistes Classiques – 3 – Florian
Les Fabulistes Classiques – 4 – Iriarte – Fables Littéraires
Les Fabulistes Classiques – 5 – Perret – 25 Fables illustrées

Philosophie/Politique :
De la Servitude volontaire – ou Contr'Un – La Boétie
La Désobéissance civile - Thoreau

Humour :
Histoire et avantures de Milord Pet
Eloge du Pet
Discours sur la Musique Zéphyrienne

Un flatteur tente de complimenter la comédienne Marguerite Moreno sur sa minceur :
— Est-il vrai que les gens maigres ont de l'esprit ?
— Oui, mon gros !

Dans sa loge, l'actrice Maud Loty subit la conversation d'un dragueur. Comme il la questionne sur ses admirateurs, elle répond :
— Chaque fois qu'un importun me propose de me rendre visite, je lui dis que j'habite en banlieue.
— Très drôle ! Et où habitez-vous ?
— En banlieue.

PRÉFACE

VÉRITÉS ET HYPOTHÈSES

La Ruelle mal assortie, est l'œuvre de Marguerite de Valois, l'une des trois Marguerite lettrées, dont la maison royale de France est, au XVIe siècle, fleurie. Celle-ci était fille d'Henri II et de Catherine de Médicis, sœur des trois derniers rois de la race des Valois et du duc d'Anjou, et femme d'Henri de Bourbon, qui, à la mort d'Henri III, devint le roi de France Henri IV. Petite-nièce par le sang, et petite-fille par alliance de Marguerite d'Angoulême, sœur de François Ier, et qui avait été elle aussi reine de Navarre, elle mérite comme sa grand-tante d'être comptée parmi les meilleurs écrivains de la Renaissance française. Elle est la première en date et l'une des premières en talent des mémorialistes féminins, et elle a écrit de si jolies lettres que Brantôme en son enthousiasme ne craint pas de les mettre au-dessus de celles de Cicéron. Et c'est tout dire, car le prince des orateurs latins passait aussi pour le maître de l'art épistolaire. *La Ruelle mal assortie* est un court dialogue philosophique où Marguerite de Valois et le favori en titre démontrent chacun à sa façon l'excellence de l'amour pur et de l'autre.

Aussi belle qu'intelligente, mariée malgré elle au chef du parti protestant, qu'elle n'aima jamais d'amour, parce qu'elle était catholique ardente et qu'elle aimait ailleurs, elle prit facilement son parti, si même elle n'alla pas au-devant, des infidélités de son mari, l'infidélité faite homme. On ne saurait parler de représailles, puisque les époux, ayant constaté dès les premiers jours leur incompatibilité d'humeur, s'accordèrent à vivre sous un régime de licence mutuelle. Quoi d'étonnant qu'étant née sensible elle soit devenue une des grandes amoureuses du siècle, et si riche en liaisons qu'il n'en coûte rien de lui en prêter. Mais ce serait se faire d'elle une idée incomplète, c'est-à-dire très fausse, que de la juger uniquement sur l'exubérance de sa vie passionnelle ; il ne faut pas oublier la nature éthérée de ses aspirations et le rêve de hauteur morale où longtemps elle s'est complue, si contraire qu'il paraisse à la vérité de l'histoire.

Pendant la réclusion où la tint son frère Henri III, qui, après l'avoir beaucoup aimée, la haïssait pour des raisons qu'on ne sait pas toutes, elle commença, dit-elle, à s'adonner à la lecture et à la dévotion, « deux biens » qu'elle n'eût «*jamais goustés entre les vanitez et magnificences de sa prospère fortune*». Elle découvrit Platon et son Éthique sentimentale dans ses interprètes italiens ; elle lut alors ou depuis les classiques de l'Amour pur, « l'Equicola, Léon Hebrieu » ; elle exploita jusqu'à le piller le Commentaire de Marsile Ficin sur le *Banquet*, que Guy Le Fèvre de La Boderie avait traduit en français sous le titre *De l'Honneste Amour* et qu'il lui avait dédié. Elle apprit que la beauté terrestre est une étincelle de la beauté divine, et c'est le Créateur même que cette platonicienne dévote et galante se flatta d'adorer à travers les plus belles des créatures.

Du ciel où son imagination l'emportait, son *humanité*, si l'on peut dire, la précipitait à terre. D'abord elle s'excusa de ses chutes sur la matérialité des âmes à qui la sienne s'était par malencontre appariée. Elle écrivait à l'homme qu'elle semble avoir le plus aimé, Champvallon : «*Mon amour... trouvant vostre ame corrompue des vulgaires amours qui jusques à huy* (aujourd'hui, c'est-à-dire jusque à elle) *l'avoyent regie, ayant à combattre non seulement les vicieux appetits de vostre corps, mais encore vostre ame subornée et gagnée par leurs alechemens, vaincu de tant de persuasions a oublié la vertu compagne de toute divine essence.* »

Mais la répétition des mêmes défaillances et l'âge aussi l'inclinant à de nouvelles complaisances, elle se résigna toujours plus volontiers à ces sortes d'unions inégales. Le jour vint même, et probablement tôt, où il lui parut qu'elle goûtait avec ces compagnons si charnels des jouissances plus vives que «les petites voluptés qui viennent à l'âme par les yeux et la conversation ». Elle ne se contenta plus de faire l'amour «du bec», comme les «colombes ». *La Ruelle mal assortie* est l'aveu sans détour et sans honte de ce péché contre l'esprit.

Cette franchise ne laisse pas de surprendre. La femme qui exalte les plaisirs des sens est la même qui, dans ses *Mémoires*, dissimule soigneusement les liaisons dont elle fut soupçonnée ou qui, si elle ne peut les taire, les explique et les innocente par les liens de parenté et les fréquentations de la vie de Cour. Les réticences, les omissions et les mensonges de l'autobiographie jurent tellement avec la sincérité du Dialogue que le lecteur s'étonne et s'inquiète de cette différence comme d'une contradiction.

C'est peut-être l'embarras ou la paresse d'accorder ces contraires qui a empêché Guessard, l'éditeur le plus connu de la *Ruelle mal assortie*, de se porter garant de son authenticité. Il l'a publiée avec les *Mémoires* et les *Lettres*, pour la Société de l'Histoire de France, mais comme s'il se faisait scrupule de lui reconnaître même parenté, il l'a reléguée tout à la fin du volume, même après l'Index onomastique, en guise d'appendice. Un appendice, cette œuvre gracieuse et légère !

Il y a les meilleures raisons de croire, comme le veut la tradition, qu'elle est de la même main que les *Mémoires*. Passe encore pour le sous-titre : *Dialogue d'amour entre Marguerite de Valois et sa bête de somme*, qu'on peut croire d'un copiste facétieux. Mais le reste est bien d'elle.

Tallemant des Réaux dit expressément : « On a une pièce d'elle qu'elle a intitulée la *Ruelle mal assortie*, où l'on peut voir quel est son style de galanterie. » Ce n'est pas un propos en l'air, comme il en a tant recueilli. Son oncle, le trésorier des finances Gédéon Tallemant, fut le Mécène et l'ami de François de Maynard, un poète d'une forme irréprochablement correcte jusque dans les écarts de ses *Priapées*. Marguerite eut pour secrétaire pendant trois ans et pour collaborateur littéraire ce bon ouvrier du verbe. Quand surgissaient en son esprit, dans la gangue d'une première conception, des idées et des images qu'elle n'avait ni le temps ni la patience ni la force de dégager et de polir, elle confiait à celui qu'elle savait un « orfèvre excellent », le soin de monter en vers les « pierreries » de son imagination. Elle n'a pas dû lui cacher sa prose, et comme ils se quittèrent fraîchement en 1607 ou 1608, il ne se croyait pas tenu au secret. Tallemant des Réaux, qui avait l'âge d'homme quand Maynard mourut, a pu savoir par ce client de sa famille l'origine royale de cette bluette.

On y retrouve les mêmes qualités que dans les *Mémoires* : pureté de langage, justesse et propriété d'expression, naturel, élégance et noblesse avec un peu de préciosité. À la fin du XVIe ou au commencement du XVIIe siècle, il n'y avait pas en France de prosateur qui sût écrire de ce style-là. Les uns avaient de la force, d'autres de l'éloquence, ceux-ci de la gravité, et ceux-là de l'esprit, du meilleur et du pire, du pire surtout. Mais aucun d'eux ne possédait en son ensemble l'art de bien dire ni celui de tout dire avec discrétion, goût et mesure. « *Ah !* disait Brantôme d'Henri III et de sa sœur, *qu'il les faisoit beau voir discourir ensemble ; car, fust sérieusement ou en gayeté, rien n'estoit plus beau à veoyr ny à ouyr, car tous deux disoient ce qu'ils voulloient.* » Les réminiscences de l'Antiquité, des poètes et de la mythologie : les disciples de Pythagore astreints à la règle du silence, la tour d'airain d'Acrise où Jupiter amoureux pénètre malgré les murs et les grilles, Anteros, le frère puîné d'Éros, symbole de l'accroissement en force d'un amour partagé, l'amant assimilé à un soleil qui illumine l'être aimé, et enfin l'allusion à des contemporains, ces soldats de Philippe II, roi d'Espagne, « *qui nommoyent toutes choses par leurs noms* », sont caractéristiques d'une princesse de science, qui avait dans sa librairie les ouvrages des Anciens et des Modernes et qui les lisait.

La distinction des vraies et des fausses voluptés annonce une dialecticienne familière avec les spéculations sur l'Amour. Un mot très rare : philaftie (φιλαυτια, amour excessif de soi-même) se rencontre au cours du *Dialogue* comme au début des *Mémoires* et apparente les œuvres.

La façon dont Marguerite traite l'amant de cœur concorde avec ce qu'on sait de son esprit hautain et de son humeur sarcastique. Il lui arrivait, dit Brantôme, de « *rencontrer de bons et plaisans motz et brocarder si gentiment. que sa compaignée* (sa compagnie) *est plus agreable que toute autre du monde, car encore qu'elle picque ou brocarde quelqu'un, cela est si à propos et si bien qu'il n'est possible de s'en fascher, mais encore bien aise* ».

Quoi qu'en dise cet éternel panégyriste, ses coups de langue n'étaient pas du goût de tout le monde ; il y avait des gens qui se forçaient à rire. Peut-être ce qu'Henri III pardonna le moins à Marguerite, ce fut les moqueries, « *où les femmes étoient intéressées* », sur les beaux éphèbes avec qui il vivait en une privauté équivoque. Si elle n'épargnait pas le roi de France, peut-on s'étonner qu'elle malmenât, et royalement, une créature, ce béjaune, incapable d'exprimer avec des mots l'ardeur de sa passion et l'impatience de ses désirs. « *Vrayment me dois-je plaindre de vous, monsieur l'ignorant... Vous que j'ay eslevé de la poussiere et limon de la terre ; vous que j'ay fait naistre en une nuit parmi les grands, ours mal léché, niais, fat, fascheux, melancholique, et bref, pour le dire en un mot, le plus goffe* (grossier) *Gascon qui jamais soit sorti de son païs.* » C'est le mépris d'une intellectuelle pour un « mignon de couchette », de quelque agrément qu'il lui soit. Et quelle superbe dans ce **moi** qui s'affirme et se répète : « *Moy sous qui tout fléchit ; moy coustumiere à donner des loix à qui bon me semble, et moy qui n'obéis jamais qu'à mon seul plaisir.* » Ne semble-t-il pas entendre celle qui se glorifiait d'être fille, épouse et sœur de rois ?

Elle est reine, et combien femme ! Elle avait été très belle et ne se résignait pas à ne l'être plus. Dans la lettre d'envoi de ses *Mémoires*, où elle remercie Brantôme d'avoir dans l'éloge des reines et filles de France, peint sa beauté avec un « si riche pinceau », elle se défend, mais c'est sans conviction, de ressembler encore à ce portrait, les soucis ayant terni « l'excellence » du modèle. « *Et bien que mes amis qui me voient me veulent persuader le contraire, je tiens leur jugement pour suspect, comme ayant les yeux fascinez de trop d'affection.* » Au fond, elle croyait qu'ils voyaient bien ; elle oubliait l'atteinte de la quarantaine. Les ans passèrent et son assurance ne faiblit point.

« *Mais Peton*, dit-elle, à son contemplateur muet, *ne sçauriez vous à tout le moins repondre pour me contenter que vous reconnoissés tous les jours en moy de nouvelles graces.* » Elle lui montrait ses mains, si naturellement belles que même mal soignées depuis huit jours, elles « effacent » celles de Peton et leur « *feroient perdre tout leur lustre.* ». « *Ça donc, venez à l'adoration de tant de beautez.* » Elle a le cœur toujours si jeune qu'elle ne peut imaginer que son corps ne le soit plus. Elle continue à se regarder au miroir, mais c'est en celui de l'âme.

Elle avait passé par bien des épreuves depuis ce fatal voyage de France en 1582, qui changea sa vie. Ce fut le commencement de grands malheurs qui furent la rançon de ses appétits amoureux. Aussi a-t-elle arrêté ses Mémoires à la veille de son départ, comme si elle aurait désormais trop à faire pour se justifier. Revenue de la lointaine Gascogne après une absence, qui lui avait duré, de quatre ans, elle scandalisa tellement Paris et la Cour par sa fringale de plaisir qu'Henri III en profita pour la chasser ignominieusement du Louvre.

Le roi de Navarre, si indulgent qu'il fût, et pour cause, aux faiblesses du cœur et des sens, refusa plusieurs mois de recevoir une femme diffamée à la face du monde. Il consentit enfin, sur les instances de la Reine-mère, à se réconcilier avec elle, mais ce ne fut qu'en apparence. Il était lui-même éperdument épris de la comtesse de Gramont, la belle Corisande, une maîtresse fière et impérieuse, qui, s'estimant d'assez grande maison pour l'épouser, avait hâte de se débarrasser de cette intruse légitime. Marguerite, épouvantée par les menaces de sa rivale et furieuse des dédains de son mari, se retira dans Agen, la capitale de son comté d'Agénois.

Ce ne fut pas sa moindre faute. Quand, à la mort du duc d'Anjou, le roi de Navarre devint de par la loi salique le successeur éventuel d'Henri III à la couronne de France, elle s'unit aux catholiques ardents qui voulaient l'exclure, comme hérétique, de ses droits. Les chefs de la Ligue avaient résolu, pour prévenir l'avènement d'une dynastie protestante, d'obliger le roi de France, et, au besoin, par la force, à faire au prétendant légitime une guerre d'extermination. Par haine, par peur, peut-être par esprit de prosélytisme, la femme de l'héritier présomptif prit les armes contre l'héritier présomptif.

Malgré la ferveur de sa foi catholique, Henri III détestait un parti qui incriminait sa politique de paix, lui dictait des ordres, l'humiliait en sa dignité et travaillait à le mettre en tutelle. Il s'en prit à Marguerite qui lui paraissait doublement coupable comme sujette et comme sœur. Sous main il excita les bourgeois d'Agen, las des impôts, de la soldatesque et des hostilités, à mettre leur belliqueuse comtesse à la porte. Elle courut avec son escorte de ligueurs se réfugier à Carlat, une forteresse haut perchée de la Haute Auvergne, mais elle fut, après un séjour d'un an, contrainte encore d'en sortir pour sauver d'Aubiac, un amant très cher, que Lignerac, le bailli des montagnes, jaloux, menaçait de précipiter des murailles. Le frère ennemi avait prévu la fuite et la poursuite, l'amoureuse fut prise en quête d'un asile et embastillée près d'Issoire dans le château d'Usson.

On sait qu'elle séduisit ou acheta le marquis de Canillac, son geôlier, et resta maîtresse en sa prison. Mais ce fut toute sa liberté. Pendant longtemps elle ne fut assurée même de sa vie qu'au dedans de l'enceinte des remparts. Après le meurtre des Guise, les chefs de la Ligue, la guerre civile fit rage dans tout le royaume.

Henri III périt de la main d'un moine fanatique. Le roi de Navarre, qui lui succéda, eut à conquérir le royaume de France à la pointe de l'épée. Sa femme même était l'amie de ses ennemis. Mais ces époux encore plus mal assortis que les deux acteurs de *La Ruelle* avaient besoin l'un de l'autre, elle, pour recouvrer les revenus dont elle était privée depuis sa rupture avec les deux rois et en finir avec la maigre ressource des expédients, lui pour la faire consentir à un divorce qui lui permettrait de prendre une autre femme et d'avoir des enfants. Le projet de séparation fut le premier pas vers leur rapprochement. La conversion d'Henri IV au catholicisme fit plus que toutes ses victoires pour le retour de ses sujets à l'obéissance. Absous par le pape, il sollicita de lui la dissolution d'un mariage, qui depuis longtemps était dissous en fait.

Même lorsqu'Henri IV eut épousé Marie de Médicis, Marguerite ne quitta pas immédiatement Usson. Elle y passa en tout dix-neuf ans (1586-1605), toujours plus libre à mesure que la pacification générale s'étendait. Mais avant sa réconciliation avec le Roi, la vie avait été rude pour cette reine déchue « *parmy les rochers, les déserts et les montagnes d'Auvergne* », en cette forteresse à triple enceinte perdue sur une hauteur. Elle s'y gardait et s'y fortifiait, guettée successivement par tous les partis, royaux et ligueurs. Point de Cour, peu de relations, la gêne et presque la misère, une province désolée par la guerre et, même en pleine paix, troublée par la survivance des habitudes de désordre, de rapine, de violence. Elle n'avait que trente-trois ans quand elle s'enferma dans ce château, qui, par bonheur pour elle, inaccessible, lui fut, pendant ce déluge de fureurs, une « arche de salut ». En cette sorte de réclusion, elle remplit le vide et la monotonie des jours, comme elle pouvait ou comme elle devait, priant, lisant, écrivant, célébrant en vers et en musique ses amours passées, et, sans remords ni regrets, s'abandonnant à la joie de vivre.

« Pour les femmes du monde, dira plus tard La Bruyère, un jardinier est un jardinier et un maçon est un maçon ; pour quelques autres plus retirées, un maçon est un homme, un jardinier est un homme. Tout est tentation à qui la craint. » Mais Marguerite l'aurait plutôt affrontée. Elle qui avait eu pour adorateur le duc de Guise, dans le feu de la jeunesse et le premier éclat de sa gloire militaire ; Bussy d'Amboise, le roi des gladiateurs ; Champvallon, le plus beau des hommes, et tant d'autres grands seigneurs, elle se réduisit dans cette solitude à chercher son contentement sans acception de classe sociale, parmi sa domesticité noble et roturière.

« Elle a, dit Scaliger, qui lui fit visite à Usson, des hommes tant qu'elle veut et les choisit. » Entre les services de Cour s'introduisit celui du cœur et il ne cessa plus d'avoir des titulaires. Pominy, un chantre, avait été à Usson grand favori.

Quand Marguerite quitta l'Auvergne pour Paris (1605), Saint-Julien, qui fut assassiné par un envieux, Bajaumont et Villars tinrent le même emploi à l'Hôtel de Sens, dans le Palais du quai des Augustins, et à la maison des champs d'Issy.

C'est assurément à cette époque d'amour officiel que fut composée *La Ruelle mal assortie*. Quelque idée que Marguerite eût des privilèges de sa grandeur, elle ne se serait pas permis de produire les courtisans les plus raffinés de la Cour des Valois dans le rôle humilié d'un parvenu de fraîche date que gêne l'attache trop serrée de ses bas. Turenne et Champvallon, qui l'avaient « servie », pour parler la langue du temps, pendant son séjour en Gascogne, étaient, celui-ci d'une branche des Harlay apparentée aux Stuarts, et grand écuyer du duc d'Anjou, et celui-là, de plus haute naissance encore, petit-fils d'Anne de Montmorency et cousin à la mode de Bretagne de Catherine de Médicis. Du malheureux Aubiac qu'Henri III fit pendre, quoique gentilhomme[1], pour avoir compromis par une faveur trop publique la réputation de la reine de Navarre et le prestige des femmes de la Maison de France, elle n'aurait pas tracé cette image moqueuse. En ces jours d'ardente passion de Carlat qui précédèrent la tragédie, il n'y avait pas place pour une saynète. Il faut chercher plus bas dans le groupe des valets de cœur.

En effet le figurant du *Dialogue* ne paraît pas un être imaginaire. Un modèle a posé : un adolescent, aussi riche en dons du corps que dépourvu de ceux de l'esprit, et il est fidèlement reproduit. C'est un Gascon nouvellement arrivé de sa province et qui a retenu l'accent et la rudesse du terroir, un « goffe gascon », gentilhomme sans doute, car la Reine n'aurait pas rêvé d'en faire un grand, s'il était roturier, et elle se serait contentée d'en faire un noble.

---
1   Les nobles jouissaient alors du privilège de se voir décapités à la hache. La pendaison était pour les roturiers, *gens de corde*.

Elle le veut richement attifé, en couleurs claires pour donner du «lustre» au visage, avec une «fraise, une épée, une plume» au chapeau, joli et pimpant, mais pour l'usage exclusif de celle qui fait les frais de la toilette. Elle le cloître, le surveille, le soupçonne, et le raille de fréquenter des femmes qui sont des «sottes», à d'autres fins sans aucun doute que le plaisir de la conversation. Il est sa chose, qu'il ne l'oublie pas, et c'est à elle, à elle seule qu'il doit donner des marques sensibles de tendresse.

Or des serviteurs attachés à la chambre de la Reine – de ceux du moins dont l'histoire ou la satire a conservé les noms, – il n'y en a qu'un qui ressemble à ce portrait peint au vif, c'est Bajaumont. Pominy, fils d'un chaudronnier du Puy et «*maistre chorier*» de la cathédrale, appelé à Usson, pour enseigner les enfants de chœur, et devenu si cher à Marguerite qu'elle le nomma secrétaire et l'anoblit, était un Auvergnat, d'origine italienne peut-être, qui, tant qu'il plut, gouverna toutes les affaires de sa maîtresse, un maître homme qu'elle n'eût pas osé rudoyer.

Date, autrement dit Saint-Julien, fils d'un charpentier d'Arles, jeune Provençal anobli pour ses mérites physiques, aspirait lui aussi à être mieux qu'une «bête de somme». Il fut assassiné par le fils d'une dame d'honneur, ancienne favorite de la Reine, le jeune Vermont, qui ne lui pardonnait pas d'avoir ruiné le crédit de sa mère et peut-être aussi d'occuper la charge où il pouvait lui-même prétendre. L'amante furieuse voulut voir de ses yeux l'exécution du meurtrier. Ce drame de volupté et de sang jurerait avec une amusette philosophique telle que la *Ruelle mal assortie*.

Son dernier amour, le chanteur Villars, surnommé *le roi Margot,* partant en pèlerinage, un matin d'octobre 1613, à nuit noire, nu-pieds, tandis que remise à peine d'une grave maladie, elle le suivait deux heures après, en litière, et allant avec elle rendre grâces à Notre-Dame-de-Victoire, près de Senlis, de l'avoir guérie, fait figure d'officiant en cette fin de vie toujours plus dévotieuse, encore qu'elle ne cessât pas d'être galante, et il venait trop tard pour donner la réplique dans un badinage à la gloire de la sensualité.

Mais l'avant-dernier, si du moins l'on n'oublie personne, Bajaumont, répond trait pour trait au signalement du *Dialogue.* Cadet de Gascogne, fils ou parent du Sénéchal de l'Agénois, un vassal de Marguerite, c'était, dit un pamphlet du temps, « *le plus parfaict sot qui soit jamais arrivé dans la Cour* ». « Le Mayne », c'est-à-dire le poète Maynard, ne réussit pas à dégrossir ou, comme on disait alors, à « civiliser » ce rustre. Mais il était jeune, et si beau et si bien fait ! Il fut élevé au poste de Saint-Julien et ne fut pas moins chéri. La Reine le faisait célébrer par Daudiguier, un soldat-poète, comme une merveille de la nature, et trôner avec elle, dans un pavillon de sa maison des champs, un Olympe à l'image réduite de celui du Jupiter du Louvre, le Petit Olympe d'Issy, dont Bouteroue, autre rimeur attitré, chantait les beaux jardins, les « prés herbus » et les eaux « ondoyantes ».

Pour le récompenser de la passion qu'il lui inspirait, elle lui donna une abbaye. Elle était jalouse et chassa de sa petite Cour Mlle de Choisy, que le favori regardait avec trop de complaisance. Elle le caressait trop, mais elle le soignait bien.

Son Livre de Comptes mentionne le 12 septembre 1609 le paiement de « dix écus d'or en or » à cinq médecins appelés en consultation pour « Monsieur de Bajaumont », et le 24 celui de trois cents livres à l'apothicaire de ce « gentilhomme d'honneur ». Henri IV, amusé par l'éternelle jeunesse de Marguerite, s'intéressait à la santé de son compagnon de fête.

À l'âge où les femmes les plus galantes tournent décidément à la spiritualité, elle ne renonçait pas aux plaisirs du monde et même s'attachait aux moins immatériels.

Des raisons qui l'empêchaient de sacrifier la nature à la grâce, on peut en imaginer plusieurs, pour avoir quelques chances de découvrir la vraie. Dans ses *Mémoires*, elle avait arrangé à sa façon ou escamoté son histoire passionnelle. Se serait-elle lassée de mentir toujours, et, pour libérer sa conscience, a-t-elle voulu dans la *Ruelle mal assortie* confesser sur le papier le secret de ses faiblesses d'arrière-saison ?

Mais vraiment elle a trop de plaisir à conter la faute, pour faire figure de pénitente. Non, l'aveu de la fin est plutôt une suggestion de la vanité. Incurablement coquette, elle se flattait à cinquante ans sonnés d'inspirer le grand amour aux élus de sa faveur. Ce n'était pas merveille qu'elle eût été recherchée en son printemps et son été, étant, dit le froid Montaigne, de ces « *divines, supernaturelles et extraordinaires beautez qu'on voit parfois reluire entre nous comme des astres, soubz un voile corporel et terrestre* ». Mais quelle gloire au déclin de l'automne de se persuader à soi-même et aux autres que le mignon, ce jouvenceau, est tellement épris d'elle que sa langue est liée et ses sens asservis, « *en façon que ce qu'un autre amoureux employeroit à dire* », il l'emploie « *à desirer* ».

En cet extrême renouveau, elle n'avait plus rien ni personne à ménager. Si dans la *Ruelle mal assortie* elle étale les passions qu'elle cache dans les *Mémoires*, c'est que d'une œuvre à l'autre intervient l'annulation de son mariage (1599). Quand elle rédigeait son autobiographie, la procédure était en cours et il lui importait d'énumérer les infidélités de son mari et de réduire à rien les siennes, afin de faire valoir d'autant le prix de sa renonciation à la Couronne de France. L'adultère et la stérilité n'étant pas des causes dirimantes d'une union légitime, la Cour de Rome ne consentirait à rendre au roi de France sa liberté que si elle déclarait elle-même, comme il était vrai, que Charles IX et la Reine-mère l'avaient contrainte à l'épouser. Elle se prêtait à ce dénouement, mais elle ne voulait pas qu'on pût croire que c'était par conscience de son indignité.

Elle n'était pas plus coupable que son mari, et, pour le mieux démontrer, elle se laissait croire tout à fait innocente. Mais après qu'elle eût cessé d'être, de par les lois divines et humaines, la femme du roi de France, quelle raison, à défaut de vertu, pouvait la détourner de vivre sa vie et de crier la vie qu'elle vivait ?

Est-ce enfin une trop grande hardiesse de supposer un rapport entre la composition de la *Ruelle mal assortie* –

qui s'accorde si bien avec l'apogée du règne de Bajaumont de 1607 à 1609 – et la vogue inattendue à la même époque d'une nouveauté ou, pour être plus exact, d'une survivance littéraire. La théorie du pur amour, empruntée à Platon par les Italiens du *Cinquecento* et aux Italiens par les poètes de l'école lyonnaise et l'entourage de Marguerite d'Angoulême, la grand-mère par alliance de Marguerite de Valois, s'était, sous les règnes de François Ier et d'Henri II, répandue dans les plus hautes classes et imposée comme une des formes de l'Idéal. Mais le hideux réalisme de guerres plus que civiles l'avait si profondément refoulée qu'on la croyait perdue. Et soudain elle venait de reparaître aux approches de la paix et elle s'étalait aux boutiques des libraires. Jamais il ne se vit autant de romans aux titres significatifs : les *Chastes et Fidèles amours*, les *Chastes et Constantes amours*, les *Infortunées et chastes amours* que pendant quinze ans de la fin du XVIe au début du XVIIe siècle.

L'*Astrée*, dont la première partie fut publiée en 1607, consacra le triomphe du genre sentimental. Écrivains et gens du monde recommencèrent à distinguer la Vénus céleste de la Vénus terrestre, et à opposer les « *vrayes voluptés* » qui viennent de l'âme aux « fausses voluptés » qui « procèdent des sens extérieurs ». Marguerite a dû s'amuser de ce débordement de quintessence. Que les traités de morale commandent et que la poésie exalte un effort de renoncement surhumain, il n'y a rien là que de conforme à leur objet, qui est d'élever l'homme au-dessus de lui-même, mais que les romans qui prétendent à représenter la vie réelle, en donnent une image aussi fausse, n'est-ce pas matière à raillerie ? L'amour n'est pas un acte d'adoration perpétuelle sans espoir de récompense, ni la simple communion des âmes, ni un regard sur le divin, ou bien, s'il y apparaît quelque chose de tout cela, il est par-dessus tout un attrait sensible qui pousse deux êtres de chair à se rapprocher et à s'unir.

La Ruelle mal assortie, c'est la preuve en action de la vanité des rêves contre nature. Avec l'audace tranquille d'une femme que son rang dispense des préjugés, Marguerite se met elle-même en scène et se livre en exemple. Après quelques minauderies sentimentales – un hommage et un adieu à Platon – elle se glisse aux bras du mâle qui n'est qu'un mâle et, tout éperdue, avoue que l'« ébattement du corps » surpasse en plénitude savoureuse les « mille petites délicatesses qui se trouvent en l'entretien et communication des esprits ».

Mais si elle décrit en une page très vive la volupté ressentie, la délicatesse des mots adoucit la précision des traits. Elle ne cesse pas de parler le langage de l'âme pour exprimer le trouble des sens. Même quand elle traduit le frisson passionnel, elle ne choque pas la pudeur ; elle glorifie en termes purs la victoire de l'impureté. C'est par ce contraste entre les actes et les paroles que se révèle chez elle un sens délicat des bienséances féminines, développé par la vie de Cour et raffiné encore par le caractère de sa culture philosophique. Quoique en révolte ouverte contre le platonisme, elle se souvient d'avoir été, ne fût-ce qu'en théorie, platonicienne. De sa communion de pensées avec la plus noble intelligence du monde antique, il lui reste le dégoût de la vulgarité et de la laideur. La chasteté littéraire fut la dernière et suprême manifestation de son idéal de beauté morale.

JEAN-H. MARIÉJOL

La Ruelle mal assortie a été imprimée pour la première fois par Charles Sorel, l'illustre romancier et polygraphe du XVIIᵉ siècle, dans le *Nouveau Recueil des pièzes les Plus agréables de ce temps*, sous le titre : *La Ruelle mal assortie ou entretiens amoureux d'une dame éloquente avec un cavalier gascon plus beau de corps que d'esprit et qui a autant d'ignorance comme elle a de sçavoir. Dialogue vulgairement appelé la Ruelle de la R. M*. Paris, Nicolas de Sercy, 1644[2].

C'est la pièce que dans la Collection intitulée le *Trésor des pièces rares ou inédites*, Ludovic Lalanne réédita, titre compris, sauf la dernière phrase : *Dialogue*, etc.

- à laquelle il substitua cette indication : *par Marguerite de Valois*. Paris, Aubry, 1855, *Introduction par Lud. L.*

Guessard, qui ignorait le recueil de Sorel, l'avait publiée en 1842 comme inédite, à la suite des *Mémoires et Lettres de Marguerite de Valois* (Société de l'Histoire de France), avec ce sous-titre qui est probablement d'un copiste : *Dialogue d'amour entre Marguerite de Valois et sa bête de somme* (Société de l'Histoire de France), et il en aurait fait, dit-on, des tirages à part. C'est son texte qui est reproduit ici, mais amendé. Le manuscrit du fonds Fontanieu qu'il a suivi semble perdu, mais il en existe un autre (Fonds français, 4779), où manquent d'ailleurs quelques lignes, et qui lui a échappé. Il lui eût permis de corriger trois ou quatre passages et de mettre par exemple : p. 1, *Souhaits* au lieu de *soleils*, qui n'a pas de sens ; p. 5, *mets dont on ne se desjeune point dans vostre*

---

2 B. N., Z 2179/C.

païs, au lieu de *mots dont on ne se doute point*, une forme peu savoureuse ; *le temps que vous prenez pour vous y jouer* (en vos déduits, en vos plaisirs), au lieu de *pour vous louer*, qui est inintelligible et insipide.

Ces trois changements et les notes explicatives de la fin, outre la difficulté de consulter le Recueil de Sorel et de retrouver les exemplaires de Lalanne ou les tirages à part de Guessard, suffiraient à justifier cette nouvelle édition qui, sans apparat hypercritique, ne prétend qu'à faire lire quelques jolies pages de notre langue.

Nota Bene : Il arrive qu'un passage jouisse des notes des deux commentateurs.

Les notes correspondant à la version de Jean-H. Mariéjol sont en chiffres dits arabes (ou européens). Elles sont immédiatement accessibles en bas de page.

Les notes correspondant à celle de Ludovic Lalanne sont en chiffres romains, et rejetées en fin d'ouvrage.

30 - Marguerite de Valois

Introduction de Ludovic Lalanne dans son ouvrage édité en 1855

Tallemant des Réaux, dans l'historiette qu'il a consacrée à Marguerite de Valois, première femme de Henri IV, s'exprime ainsi : « Elle parlait *phébus* selon la mode de ce temps-là, mais elle avait beaucoup d'esprit. On a une pièce d'elle qu'elle a intitulée la Ruelle mal assortie, où l'on peut voir quel était son style de galanterie. » Suivant les premiers éditeurs de Tallemant, « cette pièce ne paraissait pas avoir été imprimée ». Aussi M. F. Guessard, chargé par la Société de l'histoire de France de donner une édition des Mémoires et des Lettres de Marguerite[3], fit, pour retrouver le texte de la Ruelle, de nombreuses recherches qui aboutirent enfin à la découverte d'une copie conservée dans les manuscrits de Fontanieu, à la Bibliothèque royale. Mais la Société, un peu trop prude de sa nature, ne permit pas à M. Guessard de joindre la Ruelle à son volume. Il put seulement l'imprimer à part, et des exemplaires en furent distribués aux membres de la Société qui en firent la demande.

À l'époque où M. Guessard publia cette pièce, qu'il avait tant de raisons de croire inédite, un littérateur distingué, feu M. A. Bazin, adressa à M. Paulin Paris une lettre que celui-ci a donnée, il y a quelques mois, dans son édition de Tallemant des Réaux. « La Ruelle, disait-il, existait dé-

---

3 Cette édition a paru en 1842.

jà imprimée, tout juste depuis deux siècles, dans un volume publié par le fécond Charles Sorel, et ayant pour titre : NOVVEAV RECVEIL DES PIECES LES PLVS AGREABLES DE CE TEMPS, EN SVITE DES IEVX DE L'INCONNV ET DE LA MAISON DES IEVX. Paris, chez Nicolas de Sercy, 1644. » La Ruelle, en effet, y figure à la page 95, et à la Table des pièces elle est annoncée en ces termes : La Ruelle *mal assortie, ou Entretiens amoureux d'une Dame Éloquente auec vn Caualier Gascon, plus beau de corps que d'esprit, et qui a autant d'ignorance comme elle a de sçauoir \ Dialogue vulgairement appelé* la Ruelle de la R. M.

M. Bazin ajoute ensuite, et avec raison, que, « comparé au texte donné par M. Guessard, le texte de Sorel offre de nombreuses variantes, presque toujours à l'avantage de celui-ci ». De plus, le cavalier y parle non pas le français, mais ce langage franco-gascon que l'on retrouve dans le *Baron de Fæneste*, enfin, la dame y est désignée par le nom d'Uranie, que l'auteur du DIVORCE SATYRIQUE (faisant probablement allusion à LA RUELLE), reproche à la princesse d'avoir « usurpé à tort ».

Sorel, qui s'est borné à désigner la reine Marguerite, c'est-à-dire l'auteur de la Ruelle, par les deux initiales R. M. que ses contemporains expliquaient sans difficulté, semble même, par un motif facile à saisir, avoir cherché à déguiser encore l'origine de cet écrit assez compromettant pour la réputation d'une princesse de sang royal, première femme de l'aïeul du roi régnant. En effet, dans une autre pièce de son recueil, *le Jeu du Galand*, qui précède immédiatement la Ruelle, il raconte les amusements

« d'vne agréable compagnie, où quelques personnes récitoient des Dialogues qu'elles sçauoient par cœur, comme, par exemple, celui du Caualier Gascon et d'Vranie, fut représenté par Dorilas et Bellinde ; car Dorilas contrefaisoit le Gascon à merueilles, et Bellinde s'accorda à contrefaire la Dame amoureuse, pourueu que l'on exceptast les baisers et autres douceurs, voulant que l'on se contentast du recit, sans qu'aucune action au moins trop licencieuse y fut jointe : toutefois Dorilas ne s'en contentoit guere, disant que c'estoit là vne comédie imparfaite... On prit, ajoute l'auteur, beaucoup de plaisir à entendre leurs discours qui estoient très naïfs et qui ont esté faits, à ce que l'on croid, pour quelque Dame d'autorité qui auoit vn galand et fauory ; mais cela peut aussi bien être attribué à vne autre sans la scandaliser. Il suffit que l'on se represente vne Dame sçauante et vn Amant dont l'esprit luy soit fort disproportionné, mais dont elle ayme neantmoins aueuglement le visage et le corps, à cause de leur beauté excellente. Vn tel rencontre se peut faire en plusieurs lieux ».

Sorel, du reste, n'a pas été le seul à attribuer la Ruelle à Marguerite. Nous avons déjà cité le témoignage de Tallemant et du DIVORCE SATYRIQUE. Il faut y ajouter celui qu'on peut tirer du manuscrit qui a servi à M. Guessard et qui est intitulé : *Dialogue d'amour entre Marguerite de Valois et sa bête de somme*. L'examen du texte même de la pièce vient encore confirmer ces conjectures ; ainsi, on retrouve dans la Ruelle des expressions bizarres que Marguerite a employées dans ses Mémoires et que l'on aurait grand-peine à retrouver ailleurs. Enfin, n'est-ce pas une reine qui parle, quand Uranie dit à son amant : «*Moy sous qui tout fléchit, moy coutumiere de donner des loix à qui bon me semble, moy qui n'obeïs qu'à moy-mesme... Vous que i'ay esleué de la poussiere et du limon de la terre*»? Nous croyons donc pouvoir, sans hésitation, reconnaître Marguerite comme l'auteur de la Ruelle.

Le recueil de Sorel est excessivement rare ; nous n'avons pu le rencontrer dans aucune des bibliothèques de Paris, et c'est seulement après de longues recherches que notre libraire, M. Aubry, a pu se le procurer. Nous pensons donc faire plaisir aux bibliophiles en leur donnant de nouveau le texte original de cette charmante pièce[4], où Marguerite s'est peinte tout entière. On y retrouve son esprit raffiné et ce libertinage qui fit d'elle la reine la plus dévergondée de son siècle. Le sujet de la pièce s'explique assez par le titre que nous avons rapporté plus haut, et que nous lui conservons. Mais quel est ce galant favorisé, si sot et si beau, que Marguerite a mis en scène ? Pour que le lecteur soit à même de le chercher avec nous, nous allons dresser une liste, certainement bien incomplète, des amants de Marguerite. Ce sera le Divorce satyrique qui nous en fournira la plus grande partie :

1, 2. Quel est le premier amant de Marguerite ? Il est aussi difficile de le dire que de décider quel a été le dernier ; car cette vertueuse princesse commença, dit-on, à faire l'amour à onze ans, c'est-à-dire en 1563, et ne cessa qu'à sa mort, arrivée le 27 mars 1615. On prétend toutefois que Antragues et Charins peuvent se disputer l'honneur de

---

[4] Nous avons eu soin d'ajouter en note les variantes les plus importantes que le texte de M. Ourlant présente avec celui de Sorel.

l'avoir initiée à la galanterie.

3. Martigues.

4. Le duc de Guise, tué à Blois en 1588.

5, 6. Suivant le Divorce satyrique, Marguerite « ajouta de bonne heure à ses conquêtes celles de ses trois jeunes frères, Charles IX, Henri (III) et François ». Son inceste avec Charles n'est rien moins que prouvé. Il n'en est pas de même de sa liaison avec le duc d'Alençon, liaison qui dura jusqu'à la mort de celui-ci. Quant à Henri III, le passage suivant d'une lettre publiée par nous dans le Bulletin de la Société de l'histoire de France ne peut, à ce que nous croyons, laisser subsister aucun doute. Cette pièce, tirée des manuscrits Béthune (n° 8698), est sans date ni signature et adressée au roi, probablement dans l'année 1578. Elle a été certainement écrite par une femme attachée à la suite de Catherine de Médicis[5].

« Sire,

« Ma fidellité seroit trop cachée si ie ne vous faisoys entendre promptement le soupçon en quoy ie suys de quelque entreprinse qu'a la Royne, vostre seur, laquelle ie ne puis descouurir ; mais vous qui auez cognoissance parfaite d'elle, ie m'asseure que vous l'entendrez soubdain qu'aurez vu ceste lettre. Il y a troys iours qu'elle se tient renfermée, et n'a que troys femmes de chambre auec elle, l'vne avec le glaiue, l'autre auec la paste, et la derniere auec le feu. Tousiours dans l'eaue, blanche comme lys, sentant comme basme, se frotte et se re-

---

5   La duchesse d'Uzès, autant que je puis le conjecturer.

frotte, faict encensemens, de sorte que l'on diroit que c'est vne sourciere auec charmes, lesquelz elle maintient à ses plus familieres amyes que ce n'est pour plaire à aultruy, mais à elle seule. Ie vous supplie treshumblement, Sire, que pour cest aduertyssement vous ne laissez de croire que vous estes son cœur, son tout, et que tous ses dictz charmes se font pour votre seruice », etc.

7. La Mole, qui fut décapité en Grève en 1574, avec Coconas, pour crime de conspiration. Marguerite et son amie la duchesse de Nevers, maîtresse de Coconas, firent enlever et embaumer les têtes des suppliciés.

8. Saint-Luc, l'un des mignons de Henri III.

9. Le célèbre Bussy d'Amboise. « *Quelque reputation qu'il eust d'être braue parmi les hommes, il ne l'estoit guere parmi les femmes, à cause de quelque colique qui le prenoit ordinairement à minuit[6].* »

10. Le duc de Mayenne, « bon compagnon, gros et gras, et voluptueux comme elle ».

11. Le vicomte de Turenne, depuis duc de Bouillon. Tallemant des Réaux a raconté, à propos des amours de ce seigneur avec Marguerite, une anecdote assez dégoûtante, qu'on nous dispensera de rapporter.

12. Jacques de Harlay, seigneur de Chanvallon, grand écuyer du duc d'Alençon, grand maître de l'artillerie pendant la ligue, mort en 1630. On l'appelait le beau Chanvallon[7]. De son intrigue avec Marguerite naquit un fils qui

---

6 *Le Divorce satyrique.*
7 M. Guessard a publié dix-sept lettres de Marguerite à Chanval-

fut capucin sous le nom de Père Archange[8]. Suivant le *Divorce satyrique*, il avait d'abord été élevé sous le nom de Louis de Vaux, comme fils d'un sieur de Vaux, parfumeur, demeurant près de la Madeleine, à Paris.

13. Choisnin, chanoine de N.-D. de Paris.

14. Duras.

15. Son cuisinier, dont on ne sait pas le nom.

16. Saint-Vincent.

17. Aubiac, l'un de ses domestiques, dont elle eut un fils sourd-muet, qui « *a longtemps gardé les oisons en Gascogne. Aubiac estoit vn escuyer chetif, rousseau, et plus tauelé qu'vne truite, dont le nez, teint en escarlate, ne s'estoit iamais promis au miroir d'estre vn iour trouué dans vn lit auec vne fille de France, ainsi qu'il le fut à Carlat* ». *Il fut pendu à Aigueperse ; et au moment de son supplice,* « *au lieu de se souuenir de son ame et de son salut, il baisoit vn manchon de velous raz bleu, qui lui restoit des bienfaits de sa dame* ».

18. Le marquis de Canillac.

19. Pomony, fils d'un chaudronnier d'Auvergne[9], qui, « *par le moyen d'vne assez belle voix, qui le discernoit d'auec ses semblables à la musique de cette reine, s'introduisit enfin de la chapelle à la chambre, et de la*

---

lon, et deux lettres de celui-ci à la princesse.
8 Il est appelé Père Ange dans les Mémoires de Bassompierre.
9 Henri III disait en pleine cour : « Les cadets de Gascogne n'ont pu soûler la reine de Navarre : elle est allée trouver les muletiers et les chaudronniers d'Auvergne. »

chambre au cabinet pour secretaire... C'est pour lui qu'elle fit faire les lits de ses dames d'Usson, si hauts qu'on y voyoit dessous sans se courber, afin de ne s'escorcher plus, comme elle souloit, les espaules ni les fesses, en s'y fourrant à quatre pieds, toute nue, pour le chercher[10] ».

20. Dat de Saint-Julien, fils d'un charpentier d'Arles. Il fut tué, le 5 avril 1606, par un jeune gentilhomme, qui, deux jours après, eut la tête tranchée, à Paris, devant l'hôtel de Sens, où logeait Marguerite.

21. Bajaumont, de la maison de Duras, « *mets nouueau de cette affamée, idole de son temple, le veau d'or de ses sacrifices, et le plus parfait sot qui soit iamais arriué dans la cour* ».

22. Le Mayne ou le Moine[11].

23. Villars ou le Villars, musicien. Suivant Tallemant, on l'appelait vulgairement *le roi Margot*.

Cette liste, quoique fort longue, doit être très incomplète. Charles IX disait : « *En donnant ma sœur Margot au roi de Nauarre, ie la donne à tous les huguenots du royaume.* » – « *O prophetie trop veritable et digne d'vne sainte et diuine inspiration*, s'écrie l'auteur du Divorce satyrique, *s'il eust mis le general et non le particulier, et qu'au lieu des huguenots seuls il eust compris tous les hommes !* »

Maintenant quel est, de ces 23 amants, celui qui peut être

---
10 *Le Divorce satyrique.*
11 Mayanard.

le héros de la *Ruelle*? Nous avouons franchement être aussi embarrassé qu'en commençant, et le lecteur conviendra avec nous que c'est chercher une aiguille dans une botte de foin. Pourtant le n° 21 nous semble offrir quelque chance d'avoir servi de type à la reine pour peindre son cavalier gascon.

Et Henri IV, qui ne répudia Marguerite que par des motifs politiques, comment prenait-il les escapades de sa femme ? Sauval va nous l'apprendre. – « *Un iour, dit-il, que le roi s'amusoit à regarder Paris du haut de Montmartre entre ses iambes (de cette maniere, les obiets paroissent beaucoup plus singuliers), et comme il vint à dire : Que ie vois de nids de cocus ! Gallet aussitôt, ce grand ioueur, se mettant dans la même posture, lui cria : Sire, ie vois le Louvre ! – Dont il se prit à rire.* »

Ludovic LALANNE

Note de l'éditeur 2022

J'ai personnellement opté pour un mix des deux versions en lice, celle de Mariéjol et celle de Lalanne, privilégiant la formulation la plus agréable ou la plus plaisante. De même, l'essentiel des notes de l'un et de l'autre ont été conservées, afin d'offrir la vision la plus large, quitte à souffrir parfois de quelques – fatales – redondances.

J'ai à dessein conservé l'accent gasconnant du bellâtre, considérant qu'il apportait, par son aspect mal dégrossi, une certaine dimension comique.

Comme d'habitude, pour faciliter la lecture, la langue a été un peu dépoussiérée et rajeunie, à l'exception de quelques tournures caractéristiques de l'époque, faisant « couleur locale ».

Bonne lecture !

Christophe Noël

LA RUELLE MAL ASSORTIE

=+=+=+=

DIALOGUE D'AMOUR ENTRE MARGUERITE DE VALOIS ET SA BÊTE DE SOMME

+=+=+=+

— Hé ! Dieu vous garde, beau Soleil ! Que veut dire qu'aujourd'hui, plus tard que à l'accoutumée vous ayez éclairé mes yeux ?

— Yé ne sais.

— Comment, je ne sais ? Vos désirs, vos souhaits, et toutes vos actions ne tendent-elles pas à me plaire ; et ne savez-vous point qu'absente de vous je suis en ténèbres continuelles et en attente perpétuelle que vous me rameniez le jour ?

— Yé biens quand bous me mandez [de] benir.

— Si je n'envoyais vers vous, vous ne viendrez donc point, et me laisseriez assommer parmi mes ennuis : je vous appends qu'un vrai amant doit être toujours en impatience, brûlant de désir de voir la chose aimée, et n'attendre point de message, de semonce, ni d'heure comme vous.

— Yé suis captif et ne dépends que de bos bolontés.

— Vous appelez donc captive ma prison, au lieu d'un doux paradis de délices, et trouvez une grande contrainte de dépendre de mes volontés ; je veux devenir désormais, si je puis, un peu plus rigoureuse, afin que vous sachiez quel il y fait[12] quand je suis en mauvaise humeur.

— Yé prendrai patience en mon tourment.

— O Dieu, quelle réponse ! Mais laissons ces discours, vous êtes aujourd'hui trop beau pour se mettre en colère. Jésus ! Que vos cheveux sont bien frisés, et que votre rabat est bien mis.

— Bous me défrisez et gâtez toute ma rotonde[13].

— Elle en sera mieux toute la journée, puisque ces belles mains ont passé par-dessus ; mais, sachons un petit[14], n'auriez-vous point quelques nouveaux desseins ? Ces dames, sur qui vous tournez si souvent les yeux, [ne] vous auraient-elles point donné dans la vue ? Répondez. Je sais bien ce que peut un nouvel objet sur une âme inconstante.

— Ce sont toujours de bos oupinions.

— Mais il le faut savoir ; en vain auriez-vous pris aujourd'hui cette bonne mine. [N'] Est-il pas croyable que vous avez nouvel oracle à consulter ?

— Cela ? Moi ? Rien. Nullement. Quelconque.

---

12   Comment ça fait.
13   Collet empesé monté sur du carton.
14   Un peu.

— Mais dites sans mentir, petit rusé, qui devez-vous voir aujourd'hui ?

— Yé ne pense à boir que bous.

— Que moi ? Je vous ai donc semblé plus belle que à l'accoutumée. Ça, mon miroir, qu'en dites-vous ? Certes il me témoigne qu'il en est quelque chose, encore que ma perruque est toute défrisée, et mon rabat bien noir. Que vous en semble, n'ai-je pas de quoi donner de la passion à un honnête homme ?

— Bous me semblez la velle Bénus.

— Et vous me semblez son petit Adonis, bien plus douillet et plus affété[15] qu'il n'était, mais bien moins amoureux que lui. Qu'en est-il ? Dois-je croire que vous m'aimez, et que les démonstrations que vous en faites soient à mon occasion, ou bien pour l'amour de vous-même ; car les jeunes gens de ce temps ont beaucoup de considérations en leurs desseins, et cette douce philaphtie[16] ¡a un grand pouvoir sur les âmes.

— Que beut dire Filafetie ?

— Ce sont mets dont on ne se déjeune point en votre pays ; demandez-le à ces sottes que vous aimez tant, je crois qu'elles vous l'interpréteront proprement. Mais, mon petit Peton, quand je vous regarde, je vous trouve fort bien vêtu, et [il] faut dire la vérité, ces couleurs

---

15 Qui est plein d'afféterie ; maniéré.
16 Philaftie, du grec φιλαυτια, amour excessif de soi-même. Comme l'a fait observer M. Guessard, Marguerite a employé ce mot dans la première phrase de ses Mémoires : « Ne voulant qu'on attribue la louange que j'en ferais plutôt à la philaftie qu'à la raison. »

claires donnent un grand lustre au visage, et les bas attachés[17] agencent fort une belle taille.

— Ils contraignent vien en récompense[18].

— Ho ! Ho ! Je vois bien ce que c'est ; vous voudriez que je vous laissasse porter des valises pour être à votre aise ; il n'en sera pas ainsi. Il faut des bas entiers, une fraise, une épée, une plume, et savoir parler, si vous voulez ressembler à un homme.

— Il m'est vien abis que yé suis fait comme un homme.

— Vous vous imaginez de ressembler [à] un grand : personne n'y contredit[19] ; mais considérez-vous bien quand vous ne dites mot, [ce] qui est le plus souvent, et vous verrez combien peu de différence il y a de vous à une statue.

— Y'en bois vien d'autres qui ne parlent point.

— Aussi voit-on force oiseaux et peu de perroquets : plus la chose est rare et plus elle est désirée, et mêmement de moi, qui suis en cela de l'humeur des belettes et des colombes, je prends plaisir comme elles à faire l'amour du bec.

— Non pas toussjours, non.

---

17 Tallemant des Réaux, dans l'historiette de Marguerite, dit en parlant de Villars, l'un des derniers amants de cette princesse « qu'il fallait que celui-ci eût toujours des chausses troussées et des bas d'attache, quoique personne n'en portât plus ».
18 En compensation.
19 Variante : Vous vous imaginez d'en ressembler un quand personne ne vous y contredit.

— C'est donc pour satisfaire à vos brutaux désirs, et pour complaire au corps de je ne sais quoi dont il a besoin ; car mon inclination ne tend qu'à ces petites voluptés qui proviennent des yeux et de la parole, qui sont, sans comparaison, d'un goût plus savoureux et de plus de douceur que cet autre plaisir que nous avons de commun avec les bêtes.

— Yé prends grand plaisir à faire la vête, moi.

— Vous avez raison, car c'est sans contrainte et sans prendre grande peine, et [je] crois qu'il faut bien, vu l'antipathie de nos humeurs, la discordance de nos génies et la dissemblance de nos idées, qu'il y ait quelque vertu secrète et inconnue qui agisse pour vous ; autrement, à vous bien prendre, vous êtes plutôt digne de ma haine que de mon affection. Qu'en pensez-vous ? Croyez-vous que l'Antheros[20] que vous élevez augmente ainsi mon amour, et que leurs mutuels regards et leurs volontés réciproques contribuent à leur accroissement ?... Quoi ! vous me répondez des épaules, et sacrifiez au silence plutôt qu'aux grâces. N'entendez-vous point ce langage ? avez-vous si peu profité prés de moi, et si peu retenu des préceptes d'amour que vous en ignorez les principes ?

— Yé bous aime vien sans tant filousoufer.

— Mais, Peton, mon mignon, ne sauriez-vous à tout le moins répondre pour me contenter que vous reconnaissez tous les jours en moi de nouvelles grâces, qui augmentent

---

20 Dieu de l'amour partagé. Antéros est le fils d'Arès et d'Aphrodite. Il est également le frère d'Éros. Il symbolise l'amour partagé et n'hésite pas à punir ceux qui se moquent de l'amour véritable.

votre amour ; que cet amour vous cause des désirs insupportables ; que vous êtes contraint d'avoir recours à ma miséricorde, et que si vous ne le pouvez mériter, vous aimez mieux la mort qu'une vie si ennuyeuse ?

— La bue en découbrira le fait.

— La vue peut errer, car nos soupirs peuvent aussitôt provenir pour quelque difficulté survenue au conduit de la respiration, comme pour le trop attentif arrêt que vous ai[en]t causé les contemplations de ma beauté. Votre couleur blême pareillement peut naître de quelque indisposition cachée, comme de ce que le sang, qui devrait colorer votre teint, a couru au secours du cœur qui pâtit à mon occasion ; et quant aux larmes qu'on croit prendre origine en la propre source d'amour, on tient qu'elles peuvent être aussitôt feintes que véritables ; elles ne sont pas moins indices d'un cœur colère, dépité et malicieux, que d'un cœur doux, traitable et bénin.

Je vous ai dit tant de fois que vous feriez bien mieux d'employer le temps à lire l'Equicola, Leon Hebrieux[21] ou Marcel Ficin[22] [ii], ou les œuvres de nos Poètes, qu'en l'entretien de ces coquettes qui parlent toujours et ne disent rien, que je suis lasse de vous en tant crier.

---

21 Mario Equicola, auteur de *De la natura d'Amore*, traduit en français par Chappuys, Paris, 1584, in-8. – R. Juda, dit Léon Hébreu, savant rabbin espagnol du XVe siècle, auteur de *Dialoghi de Amore*, traduit en français (1588) par Pontus de Thyars.

22 Marsilio Ficino, célèbre philosophe platonicien du XVe siècle, auteur d'un commentaire sur le Banquet de Platon, commentaire intitulé : *De Voluptate*, traduit en français par Symon Sylvius, Poitiers, 1545, in-8°, et par G. Lefevre de la Boderie Paris, 1588, in-8°.

— Bous ne me donnez pas le loisir de dormir.

— Vous savez bien le prendre pour entretenir vos maîtresses à vos heures. Je sais vos anabaptistes déduits[iii] et le temps que vous prenez pour vous y jouer. Que si je le souffre, c'est que je vous dédaigne et que je ne désire pas mieux vous punir que de vous savoir en mauvaise compagnie.

— Mon réduit[23] est ma chambre, où bous me tenez toussjours enfermé.

— L'Amour est le maître des inventions, les ailes lui sont données pour entrer partout, et la tour d'airain d'Acrise[24] [iv] était bien mieux fermée que votre chambre ; et toutefois Jupiter entra dedans : tout y est rempli de Jupiter ; et puis, où est-ce qu'un beau soleil comme vous n'entre point ?

— Ne direz-bous onques vien d'aucune femme ?

— Je ne blâme point celles qui se contentent d'être servies d'un si honnête homme, et lorsqu'il ne s'agit que d'une honnête conversation de la parole et du regard : J'en blâme seulement l'effusion de sang de ceux qui, comme vous, sont gladiateurs à outrance.

— Sans cela, lé reste est jû[25] de petit enfant.

---

23 Jeu de mots *a priori* inconscient de la part du personnage mal dégrossi, prenant le *déduit* (plaisir de chasse ou d'amour) pour un *réduit* (sorte de cagibi).(NdE)
24 Acrisius, père de Danaé.
25 Jeu.

— Ainsi le tiennent les grossiers et ignorants comme vous, qui, n'ayant de quoi continuer longuement un discours, veulent venir aussitôt aux prises, interrompant mille petites délicatesses qui s'éprouvent en l'entretien et communication des esprits.

— Y'aime vien mieux le corps qué l'esperit.

— L'esprit, pourtant, est bien plus à aimer, c'est lui qui tient le cœur quand la beauté l'a pris ; mais il faut, malgré la raison, que chacun aime son semblable ; et pour vous la cause en est, sans guère subtiliser, que vous êtes tout corps et n'avez point d'esprit, et ne sauriez juger des vraies voluptés, en tant qu'elles viennent de l'âme par raison de science ; mais oui bien des fausses voluptés, parce qu'elles procèdent des sens extérieurs ; et encore en jugez-vous bien mal le plus souvent, vous laissant coiffer si aisément à toutes les laides qui se présentent.

— Aussi brai yé ne suis coiffé que de bous.

— Il paraît bien du contraire en vos inquiétudes et en vos yeux pleins d'impatience, qui sont toujours en quête de proie nouvelle, et qui semblent aller chantant avec Ronsard qu'il n'est : « Rien de si sot qu'une vieille amitié[v] » mais je suis encore plus sotte de m'en soucier, comme si vous en valiez bien la peine, moi sous qui tout fléchit ; moi coutumière à donner des lois à qui bon me semble, et moi qui n'obéis jamais qu'à mon seul plaisir ! Vraiment dois-je me plaindre de vous, monsieur l'ignorant, de me faire servir de couverture ; vous que j'ai élevé de la poussière et limon de la terre ; vous que j'ai fait naître en une nuit parmi les grands, ours mal léché, niais, fat, fâcheux, mélancolique, et, bref, pour le dire en un mot, le plus goffe[26] Gascon qui jamais soit sorti de son pays. [N']Avez-vous point encore reconnu que ce que j'en ai fait jusques ici, c'était pour me moquer de vous et pour vous précipiter en même temps que vous auriez commencé d'espérer. Apprenez, si vous le ne savez, que je ne saurais, ni ne veux, ni ne puis aimer un sot, un ignorant.

— Si bous poubiez pis, bous le diriez.

— Je suis comme les soldats de Philippe[vi], qui nommaient toutes choses par leur nom; autant que vous persisterez en vos sottes[27] amours, vous n'aurez [d'] autre nom de moi que sot; et tant que vous serez sans savoir parler, je vous nommerai ignorant.

— Si yé ne suis sabant, patience.

— Si[28] croyais-je qu'en votre âge le temps et ma peine pourraient enfin faire quelque chose de bon de vous, et qu'ainsi que d'un champ fertile je retirerais quelque utile moisson; mais je m'aperçois bien que ce terroir est stérile, et qu'en vain j'ai semé, et que votre rude nation ne peut se défricher ni changer. [Ne] Voyez-vous pas quelle extase vous tient, et que tout aussi muet qu'un poisson, vous êtes le symbole du silence. Et, [je] vous en prie, l'objet présent est-il si indigne de vos regards et de vos paroles, que vous teniez ainsi la bouche close et les yeux fermés?

---

26 Grossier (de l'italien *goffo*, lourdaud).
27 Var. Folles.
28 Aussi.

Coupons ce filet, de grâce, et ne soyez plus si longtemps disciple de Pythagore[vii]. La pie romaine, après avoir médité quelques jours, sut imiter les sons qu'elle avait ouïs[viii], et tout, hormis vous, sait enfin faire son profit des leçons qu'il oit et qu'on lui dicte[29]. Sachons donc, en un mot, pourquoi ne parlez-vous ?

— Bous en êtes la cause.

— Comment en serais-je la cause ? Ne vous convié-je pas assez à parler, et ne vous ouvré-je assez de sujets ? Expliquez-nous votre laconisme, ou permettez-moi que je fasse deux personnages, et que je réponde pour vous. Est-ce qu'offensé de mes vérités et de quoi[30] je me moque ordinairement de vous, la colère et le mal que vous m'en voulez vous ôtent l'envie de rien dire ; ou est-ce que, naturellement sot et honteux, vous ne sachiez proférer ni exprimer vos conceptions ; ou bien est ce que le trop d'amour lie votre langue et occupe vos sens, en façon que ce qu'un autre moins amoureux emploierait à dire, vous l'employez à désirer ?

— Boilà la pure berité.

— Je n'en croirai rien que sur bons gages, toutefois cette petite rosée qui distille le long de vos joues veut que j'y ajoute quelque foi. Ça, que je ramasse dans ce linge et que j'en asperge l'autel de ma vanité ; mais ajoutez[31] aussi qu'il n'y a que ces belles mains qui soient dignes de cette offrande ; voyez-les bien, et, quoique je ne les aie décrassées

---

29 Var. des leçons que l'on a ouïes, de parler après s'être tu.
30 De ce que.
31 Var. Avouez.

depuis huit jours[32], gageons qu'elles effacent les vôtres, et que, toutes mal soignées qu'elles sont, elles leur feraient perdre leur lustre. Causons, causons, je ne veux plus vous fâcher.

— Yé bous en aimerai dabantage.

---

[32] Dans l'introduction aux Lois de la Galanterie de Charles Sorel, par Ludovic Lalanne un passage fort instructif quant à l'hygiène de cette époque : « Il y a...des conseils donnés par l'auteur du XVII° siècle qui paraîtraient fort étranges aux élégants de notre époque : « L'on peut, dit-il, aller quelquefois chez les baigneurs pour avoir le corps net, et tous les jours l'on prendra la peine de se laver les mains avec le pain d'amande. Il faut aussi se faire laver le visage presque aussi souvent », etc., etc. On voit, d'après ces étranges préceptes, que les mères donnent seules aujourd'hui à leurs petits enfants, à quel point la véritable élégance était inconnue de nos aïeux, et je crois que, sous ce rapport, la seconde moitié du XVI° siècle et la première moitié du XVII° étaient fort inférieures aux époques précédentes. Un seul fait justifiera cette assertion. Le nombre des étuves, fort considérable avant le XVI° siècle, diminua sensiblement jusqu'au règne de Henri IV, époque à laquelle leur nombre était excessivement réduit. Les guerres civiles qui, pendant près de quarante ans, désolèrent toutes les parties de la France et jetèrent sur les routes ou dans les champs une partie de la population, firent peu à peu tomber en désuétude les usages de propreté. Aussi une reine, Marguerite de Valois, si renommée par sa galanterie, put-elle dire à son amant, sans choquer la délicatesse du cavalier : « Voyez ces belles mains..., encore que je ne les aye point descrassées depuis huict jours, gageons qu'elles effacent les vostres et que, toutes mal soignées qu'elles sont, elles leur font perdre leur lustre. » – La bonne dame ne devinait guère qu'un jour Voltaire écrirait :
Sans propreté, l'amour le plus heureux
N'est plus amour, c'est un besoin honteux.
Enfin, à l'époque de Tallemant des Réaux, la propreté était encore tellement une chose de luxe que le mordant écrivain, quand il veut faire l'éloge d'une femme, ne manque pas de relever le soin qu'elle apportait à sa personne. » (NdE).

— C'est tout ce que je demande de vous. Imitant les Dieux, j'aime beaucoup mieux l'obéissance que sacrifice ; et me plaisant ainsi qu'eux en mes œuvres, je désirerais pouvoir vous rendre tel que j'eusse de l'honneur en ma nourriture[33], et par [le] même moyen me payer par mes mains de ma peine avec le plaisir que je tirerais de votre parlante conversation. Çà donc, venez à l'adoration de tant de beautés, et baisant ces mains que je vous présente, écoutez et retenez ce que vous devriez dire, et ce que je voudrais ouïr, et dites comme moi : « Pourquoi ne pouvez-vous, belle reine de mes pensées, fortifier mon cœur contre tant d'appréhensions qui l'assaillent, affermissant en sorte cette mienne félicité que je puisse désormais vivre sans crainte d'en être dépossédé ? Pourquoi consentez-vous que ce doute continuel où je suis de vous perdre rende ainsi moins contente ma vie, ma gloire moins parfaite, et mon aise moins accomplie ? [Ne] Suis-je pas cet adorateur de vos grâces qui ne respire que votre nom, qui, en action perpétuelle de désirer ce que je vois et d'admirer tout ce que j'ois, ne sais, ravi de tant de merveilles, lequel élire, ou d'être tout yeux pour vous regarder, ou tout oreilles pour vous ouïr ? »

— Bous me l'abez ôté de la vouche.

— À la vérité c'est tout votre style ; mais voyons comme vous me l'eussiez dit et avec quelle grâce vous sauriez proportionner vos paroles à votre passion ? Dites :

— Pourquoi, velle reine des miennes pensées, fortifiez-bous mon cœur d'appréhension, assaillant, affermissant

---

33 C'est-à-dire : que votre éducation me fît honneur.

en sorte la mienne félicité que yé puisse bibre sans être dépossédé ? Pourquoi consentez-bous qu'un doute perpétuel de bous perdre contente ma bie, gloire parfaite et aide accomplie ? Suis-je pas cet adorateur de bos disgrâces qui ne respire que botre renom d'un perpétuel désirer ce que yé bois et ruminer ce que j'ois, qui, rabi de merbeilles, ne sais lequel élire, ou d'être tout yeux pour bous ouïr, ou tout oreilles pour vous boir ?

— Voilà bon galimatias ; il faut confesser qu'il n'y a pas grand peine à vous faire déclarer une bête, avouant que j'ai tort de vous faire parler, puisque vous avez meilleure grâce à vous taire ; et [il] faut occuper désormais votre bouche à un autre usage, et en retirer quelque autre sorte de plaisir, pardonnant à la nature qui employant tout à polir le corps, n'a rien pu réserver pour l'esprit. Gardez ce beau langage pour vos autres maîtresses et le silence pour moi ; et tandis que cette ruelle est vide de ces fâcheux qui viendront bientôt interrompre mes[34] contentements, je veux tirer quelque satisfaction de cette muette qui ne répond point ; et n'en pouvant arracher des paroles, j'en veux au moins tirer quelque autre douceur. Approchez-vous donc, mon Peton, car vous êtes mieux près que loin. Et puisque vous êtes plus propre à satisfaire au goût qu'à l'ouïe, recherchons d'entre un nombre infini de baisers diversifiés, lequel sera le plus savoureux pour le continuer. O ! qu'ils sont doux et tout bien assaisonnés pour mon goût ! Cela me ravit, et [il] n'y a sur moi si petite partie qui n'y participe, et où ne furète et n'arrive quelque étincelle de volupté. Mais il en faut mourir ; j'en suis toute

---

34 Variante : nos.

émue et en rougis jusque dans les cheveux.

O ! vous excédez votre commission, et quelqu'un s'apercevra de votre privauté de cette porte. Eh bien ! vous voilà enfin dans votre élément où vous paraissez plus qu'en chaire. Ha ! j'en suis hors d'haleine et ne m'en puis ravoir ; et me faut, n'en déplaise à la parole, à la fin avouer que, pour si beau que soit le discours, cet ébattement le surpasse ; et peut-on bien dire, sans se tromper : rien de si doux, si cela n'était si court.

NOTES ET ÉCLAIRCISSEMENTS

i *Cette douce Philaphtie a un grand pouvoir sur les ames.* Philaphtie ou Philaftie, du grec φιλαυτια (amour passionné de soi-même) est un mot rare que Marguerite a employé aussi en ses Mémoires (éd. Guessard, p. I, ligne 3).
Elle l'emprunte à Equicola, secrétaire d'Isabelle d'Este, marquise de Mantoue, et qui avait écrit un traité fameux sur l'Amour : *Libro di natura d'amore di Mario Equicola novamente stampato et con somma diligentia corretto,* Venise, 1536, traduit sous le titre : *Les six livres de Mario Equicola d'Alveto autheur celebre. De la nature d'amour tant humain que divin et de toutes les différences d'iceluy, Remplis d'une profonde doctrine meslée avec facilité et plaisir, Imprimez de ce temps plusieurs fois en Italie et maintenant mis en François par Gabriel Chappuys, Tourangeau,* Paris, 1584. Cette passion que l'on a pour soi-même et qui dépasse toutes les autres est, dit plaisamment Equicola, fort naturelle, « car le genouil est plus près de la jambe » (trad. Chappuys, p. 308b.)

ii *« Vous feriez bien mieux d'employer le temps à lire l'Equicola, Leon Hebrieu ou Marcel Ficin. »*, c'est-à-dire Equicola, Léon l'Hébreu et Marsile Ficin. Ce sont trois des grands classiques de l'amour platonique. Avec Bembo, le cardinal, qui n'est pas nommé ici, et Balthazar Castiglione, l'auteur du *Cortegiano*, ce manuel des perfections des gens de Cour, qui mériterait de l'être, la liste serait complète des théoriciens, qui, pour me servir d'une expression de Montaigne, voulaient « artialiser » la nature.

Sur Mario Equicola, voir la note I et consulter Mrs Julia Cartwright, Isabelle d'Este, marquise de Mantoue, traduct. et adaptat. par Mme Em. Schlumberger, Paris, 1912, p. 6, 154, 157 et passim.

Léon Hébreu, savant rabbin et médecin de la fin du XVe et du commencement du XVIe siècle, était fils d'Isaac Abravanel, un juif portugais, bon financier et copieux exégète, et il se prénommait Juda, dont l'équivalent chrétien est Léon. Ses *dissertations sur l'Amour* parurent à Rome en 1535 et ensuite à Venise en 1541, chez les fils d'Alde, sous le titre : *Dialogi de Amore, composti per Leone medico di natione Hebreo et dipoi fatto christian.*, Ce sont trois dialogues entre Philon et son amante Sophie (la Sagesse) sur l'essence, l'universalité et la nature de l'amour. Il y en eut au XVIe siècle deux traductions françaises, l'une de Pontus de Thiard, 1551, et l'autre du seigneur du Parc (Denys Sauvage), Champenois, Paris, 1580.

Le Florentin Marsile Ficin, médecin, théologien et lettré, est le coryphée de tous les néo-platoniciens de la Renaissance. Il a traduit toute l'œuvre du « Divin Platon » ; il l'a expliquée et commentée. Il en a tiré une théorie de l'amour que, réunis à la villa de Careggi, chez Laurent le Magnifique, sept Florentins, en même nombre que les convives du célèbre Banquet, exposent et débattent. Ainsi le rapporte Marsile Ficin lui-même : *Marsilio Ficino Sopra lo Amore ver' (ovvero) Convito di Platone*, Florence, 1544, que Guy Le Fèvre de La Boderie a traduit du « toscan en français » sous le titre de *l'Honneste Amour*, 1578, et qu'il a dédié à la reine de Navarre. On voit combien

Guessard se trompe, quand il suppose que La Boderie a traduit le *Liber de voluptate* de Marsile Ficin, œuvre de jeunesse en latin, et qui est non un commentaire du Banquet de Platon, mais un exposé du sentiment des diverses écoles philosophiques de l'antiquité sur le plaisir (Marsilii Ficini. Opera, t. I, p. 1011 sqq.)

iii *Je sçay vos anabaptistes deduits.* Les anabaptistes imposaient un second baptême aux adultes, ne trouvant pas celui de l'enfance efficace. Marguerite veut dire peut-être que Bajaumont ne se contente pas du premier baptême d'amour administré par sa royale maîtresse et qu'il prétend à une autre initiation, comme si le premier sacrement ne lui suffisait pas. L'habitude qu'elle avait de mêler le sacré et le profane rend cette interprétation vraisemblable – ou bien encore peut-on croire qu'elle emploie l'épithète d'anabaptiste, c'est-à-dire d'hérétique, d'ultra-hérétique, comme synonyme de coupable, de criminel, de même que les femmes du peuple dans la région de Nîmes traitent un méchant petit drôle d'*hérégé* (hérétique).

iv *La tour d'airain d'Acrise était bien mieux fermée que votre chambre; et toutefois Jupiter entra dedans.* Acrise. Il faut lire probablement Acrisie. C'est la fameuse Danaé, que son père Acrisius, roi d'Argos, avait enfermée dans une tour d'airain, pour l'éloigner de tout contact, un oracle lui ayant prédit que le fils qui naîtrait d'elle le tuerait. Jupiter passa, sous forme de pluie d'or, à travers les murs et les grilles, et il eut de la recluse un fils, qui fut Persée.

La forme Acrise ou plutôt Acrisie est assurément très rare. Le *Thesaurus linguae latinae*, Teubner, t. I, 1900, col. 432, lignes 57-58, n'indique comme référence qu'un certain Sulpicius Lupercus Servastus, dont on sait seulement qu'il a écrit une élégie en 42 vers, *De cupiditate*, et une ode Saphique en 12, *De Vetustate*. On trouvera cette œuvre infime dans les Anthologies et, par exemple, dans les *Poetae latini Minores* de Wernsdorf, publiés par Lemaire, Paris, 1824, t. II, p. 293, avec quelques hypothèses sur ce poète inconnu, p. 195-196.

Après avoir flétri la passion de la masse des hommes pour le gain, Sulpicius Lupercus cite entre autres cas celui de Danaé :

Sic quondam Acrisiæ in gremium per claustra [puellae Corruptore auro fluxit adulterium. (C'est ainsi qu'autrefois à travers les portes closes l'or corrupteur permit à Jupiter adultère de se couler dans le giron de la jeune Acrisie.)

À moins que Marguerite n'ait relevé ce distique dans quelqu'une de ses lectures françaises, il faut lui supposer une connaissance rare de la littérature latine, car il est perdu dans les œuvres érudites de ce temps. Vinet (Élias Vinetus) qui, le premier, découvrit les vers de Sulpicius Lupercus Servastus dans un manuscrit lyonnais des *Œuvres* d'Ausone, les publia avec elles.

Or, parmi les livres de Marguerite, Quentin Bauchart, *Les Femmes bibliophiles de France*, t. I (1886), p. 151, n° 21, cite un Ausone : *Ausonii Opera a J. Scaligero et E. Vineto recognita*, Genève, 1598.

À défaut de Vinet, elle a pu avoir en main l'une des deux éditions de (Pierre Pitou) : *Epigrammata et poematia vetera*, Paris, 1590, 1. I, p. 27, vers 7 et 8, ou (Genève), chez Jacques Chouet, 1596, I. I, p. 22.

v *Rien de si sot qu'une vieille amitié.*
Ce vers de Ronsard est tout à la fin d'une élégie dont la fantaisie du poète a probablement changé l'adresse. La destinataire consacrée par l'impression, c'est Genevre, une petite Parisienne, veuve d'un premier amant, que Ronsard avait consolée tout un an (juillet 1561-juillet 1562), et puis, leur appétit mutuel d'amour étant apaisé, il disait à sa maîtresse un adieu, touchant par le rappel de tendres souvenirs, mais cruel par la désinvolture, on pourrait dire le cynisme de la conclusion. Quentin Bauchart, dans *Les Femmes bibliophiles de France*, signale, t. I (1886), p. 155, n° 49, dans la bibliothèque de Marguerite, Les Œuvres de Pierre de Ronsard, éd. de 1587 (et non de 1687, comme le lui fait dire une faute d'impression). C'est probablement dans ce livre qui lui appartenait qu'elle a lu la pièce qu'elle cite (Élégie 25). À défaut de cette édition, on la trouvera dans le t. IV des *Œuvres complètes de Ronsard*, par Laumonier, Lemerre, 1914-1919, 8 vol. (Élégie XX. *Troisiesme pour Genevre*, p. 107-117).

vi *Les soldats de Philippe qui nommaient toutes choses par leurs noms*, ce sont les soldats de Philippe II, roi d'Espagne, mari d'Élisabeth de Valois et gendre de Catherine de Médicis. Marguerite a pu connaître leurs propos d'une verdeur toute militaire soit par le récit qui lui en a été fait, soit par les *Vies des capitaines étrangers* de

Brantôme qu'elle a lues probablement en manuscrit comme son propre éloge. Trois ou quatre cents soldats espagnols, qui venaient de prendre le Penon de Velez (Maroc, 1564), n'étant pas payés de leur solde, raconte Brantôme, débarquèrent à Malaga, et partirent pour Madrid, sous prétexte de voir leurs parents, et là, dans la capitale du royaume, et, si l'on peut dire, en présence du Roi « *appertement* » (ouvertement), ils « *commençarent à crier qu'ilz voulloient leurs payes qu'on leur devoit ; et se pourmenans* (promenant*) quadrilles par quadrilles dans les rues, braves (richement vêtus) et en poinct comme princes, portans leurs espées hautes, les moustaches relevees, les bras aux costez (le poing sur la hanche), bravoient et menassoient tout le monde, ne craignant ny justice ny inquisition : pour la justice qu'elle n'avoit esgard (juridiction) sur eux, qui estoient gens de guerre ; pour l'inquisition, il n'y avoit ny moyne ni prebstre (prêtre) que, les rencontrant par les rues, ils ne dissent leur colibet ; à l'un : Senor frayle, a donde esta la puta ? à l'autre : Señor clerigo, como va la puta ? et autres petis motz pareilz, scandalleux pour gens d'église.* » Philippe II, invité à les châtier de leurs menaces et de leurs insolences, s'y refusa. « *Ce sont eux, dit-il, qui me font regner ; je serois bien marry donc de les faire mourir.* » Il chargea le duc d'Albe de les raisonner et de les décider à s'embarquer pour l'Italie, où en arrivant ils toucheraient leur paye.

vii *Et ne soyez plus si longtemps disciple de Pythagoras*, allusion à une des conditions que Pythagore imposait aux jeunes gens désireux d'entrer dans son école, on pourrait presque dire dans son ordre. Ils ne devaient parler de cinq ans et pendant tout ce temps ne faire qu'écouter et même ils n'étaient admis à voir le maître qu'après avoir passé les épreuves finales de ce noviciat philosophique. Marguerite suit ici Diogène Laërce, l'historien des plus illustres philosophes de l'antiquité, en un passage de la « *Vie de Pythagore* » (1. VIII), qu'elle a lu, soit dans l'édition grecque et latine de Henri Estienne, 1594, p. 573, soit dans la traduction et paraphrase de François de Fougerolles, docteur médecin, Lyon, 1601, p. 547-548.

viii *La pie romaine, après avoir médité quelques jours, sut imiter les sons qu'elle avait ouïs.* Marguerite résume et brouille les renseignements de Pline, *Histoire naturelle*, 1. X, 59. Les pies, dit-il, parlent plus et mieux que les perroquets. « Elles aiment à prononcer des mots, et non seulement elles apprennent, mais se plaisent à apprendre ; elles étudient intérieurement ; elles montrent par leur soin et leur application tout l'intérêt qu'elles y portent. » Le crédule naturaliste ne parle pas d'une pie romaine, mais des pies en général. Au reste tous les oiseaux, d'après lui, sont en état d'imiter le langage humain. « Agrippine, femme de l'empereur Claude, avait (ce qui ne s'était jamais vu), une grive qui imitait le langage humain, au moment où j'écrivais ceci. Les jeunes Césars (Britannicus et Néron) avaient un étourneau apprenant à parler grec et latin et de plus étudiant chaque jour. » Marguerite a mêlé dans ses souvenirs les pies de partout et les babillards de la volière impériale.

TABLE des MATIÈRES

Vérités et Hypothèses – J-H. De Mariéjol	09
Précision	28
Introduction de Ludovic Lalanne	31
Note de l'éditeur 2022	40
La RUELLE MAL ASSORTIE	41
Notes et Éclaircissements (J-H. De Mariéjol)	55